我们的爱情

Selected   Poems   of   *W.B.Yeats*

长 成 星 辰

我们的爱情长成星辰

[爱尔兰] 叶芝 —— 著

傅浩 —— 译

天津出版传媒集团

天津人民出版社

图书在版编目（ＣＩＰ）数据

我们的爱情长成星辰 / (爱尔兰) 叶芝著 ; 傅浩译
. -- 天津 : 天津人民出版社 , 2019.1
ISBN 978-7-201-14361-3

Ⅰ . ①我… Ⅱ . ①叶… ②傅… Ⅲ . ①诗集 - 爱尔兰
- 现代 Ⅳ . ① I562.25

中国版本图书馆CIP数据核字(2018)第301193号

我 们 的 爱 情 长 成 星 辰
WOMEN DE AIQING ZHANGCHENG XINGCHEN

出　　版　　天津人民出版社
出 版 人　　刘　庆
地　　址　　天津市和平区西康路 35 号康岳大厦
邮政编码　　300051
邮购电话　　（022）23332469
网　　址　　http://www.tjrmcbs.com
电子信箱　　tjrmcbs@126.com

监　制　　黄 利　万 夏
责任编辑　　玮丽斯
版权支持　　王秀荣
特约编辑　　申蕾蕾　常晓光
封面图片　　© Olaf Hajek Illustration 2018
装帧设计　　紫图图书 ZITO®

制版印刷　　北京中科印刷有限公司
经　　销　　新华书店
开　　本　　787 毫米 ×1092 毫米　1/32
印　　张　　8.75
字　　数　　50 千字
版次印次　　2019 年 1 月第 1 版　2019 年 1 月第 1 次印刷
定　　价　　59.90 元

———

致曾与我拥火而谈的人

———

译者序

威廉·巴特勒·叶芝（William Butler Yeats，1865-1939）是用英语写作的爱尔兰诗人、剧作家、小说家、散文家。他不仅是爱尔兰历史上最伟大的诗人，而且被另一位大诗人托·斯·艾略特推崇为"二十世纪英语世界最伟大的诗人"。

他的伟大，不在于他在爱尔兰政治中扮演的角色，甚至不在于他在爱尔兰文学复兴运动中起到的无可替代的作用，而在于他毕生坚持忠实于自我，按照自己的意愿"充满激情地生活过和思想过"[1]，实现了自我完善，创造了个人神话："工作完成了，……/ 按照我少年时的设想；/ ……我丝毫不曾偏离，/ 而使某种东西达到了完美"（《那又怎样》1937）；更在于他的诗艺精湛：作为诗人，他给世人贡献了那么多完美的作品。他之所以被后人记得，主要是因为他"写得好"，以至于其它一切缺点似乎都可以原谅了（参见威·休·奥登《纪念威·巴·叶芝》一诗）。

---

[1]　威·巴·叶芝:《回忆录》，麦克米兰出版公司，1972 年，第 42 页。

其诗之伟大，不在于其中所包蕴的为某些评论者所诟病的个人神话体系的构建和演绎，而在于对个人生活的诚实态度。他在《拙作总序》一文中开宗明义地写道："一个诗人总是写他的私生活，在他最精致的作品中写生活的悲剧，无论那是什么，悔恨也好，失恋也好，或者仅仅是孤独"。[1] 他的许多"最精致的作品"都源自对一个女人的苦恋。这个女人就是被他誉为"世上最美的女人"的茉德·冈。叶芝毕生都用"古老的崇高方式"热爱着他心目中的"女神"，但是由于二人政见和性格不合，茉德·冈屡次拒绝了叶芝的求婚。他们之间这段无果奇缘倒是成就了叶芝的诗歌。他为茉德·冈写作的情诗被有的评论者誉为二十世纪最优美的情诗。茉德·冈曾说：诗人永远不该结婚；他可以从他所谓的不幸中作出美丽的诗来；世人也会因为她不嫁给他而感谢她。[2]

---

[1] 威·巴·叶芝：《随笔与序文集》，麦克米兰出版公司，1961 年，第509 页。

[2] 参见 A. 诺曼·杰法瑞斯：《威·巴·叶芝诗新注》，麦克米兰出版公司，1984 年，第 78 页。

叶芝自己对此也颇有同感。他认为茉德·冈不理解他反而成就了他，而如果她理解了他，"我也许把破文字抛却，／心满意足地过生活"（《文字》1909）。

叶芝出生于爱尔兰首府都柏林一画家家庭。祖上是信奉新教的英格兰移民。他在英国伦敦上过四五年小学；中学毕业后，不考大学，而是在都柏林上了两年艺术学校。在校期间开始痴迷诗歌和各种秘法。其后，他决定献身艺术，毕生写作，而不从事任何以谋生为目的的职业。1896年，结识格雷戈里夫人等人，开始筹建爱尔兰民族剧院，发起现代戏剧运动，致力于复兴爱尔兰文学。1922年，爱尔兰自由邦成立，叶芝被提名为国会参议员。1923年，"由于他那以一种高度艺术的形式表现了整个民族的精神、永远富有灵感的诗"，获诺贝尔文学奖。1939年1月，度假期间逝世于法国小城开普马丁，葬于罗克布吕呐。1948年9月，遗体由爱尔兰海军用巡洋舰运回爱尔兰，隆重安葬于斯来沟柳焰岭墓园。

　　作为爱尔兰最伟大的诗人和世界文学巨匠之一，叶芝对各种语言的现代诗歌产生了巨大影响。尽管叶芝的名声早在二十世纪二十年代初就已传到中国，但具有规模的译介则始于八十年代。至今叶芝作品已有了多种汉译本，在中国的影响必然会越来越大。

傅　浩

2018 年 10 月 14 日于北京

目录

月下

十字路

玫瑰

苇间风

在那七片树林里

绿盔及其它

责任

旋梯及其它

最后的诗

月下

Under the Moon

Verkaufsstelle für OFFIZIERSMESSEN

世界不过是奇异的传奇，

结尾因不幸而偶然丢失。

《风景》

席勒　1915

黄叶陨落，

就像夜空中暗淡的流星。

衰老而孤独者

他们说我傲慢又孤独，对，傲慢，
因为在不断变幻的人群中间
我的爱与恨永远都保持不变
直到长眠，高傲的灵魂永不变。

嘲笑我的人群，他们的爱与恨
在世上流浪，找不到固定家庭，
两个在许多门前乞讨的游魂，
啊，它们比风中的浪花还要轻。

从前的日子我往往爱到狂热，
可我爱的人总是变心，从热恋
有的到冷淡，有的到仇恨——而我
始终如一，高傲的灵魂永不变。

我在爱恋中往往也乐于憎恨，
憎恨中也为爱找到一个家庭，
虽然最近变老了却没有变更，
可是它们比风中浪花还要轻。

因此之故我永远傲慢而伤感，
直到长眠，高傲的灵魂永不变；
人群，他们的爱与恨永无家庭，
啊，它们比风中的浪花还要轻。

十字路

Crossways

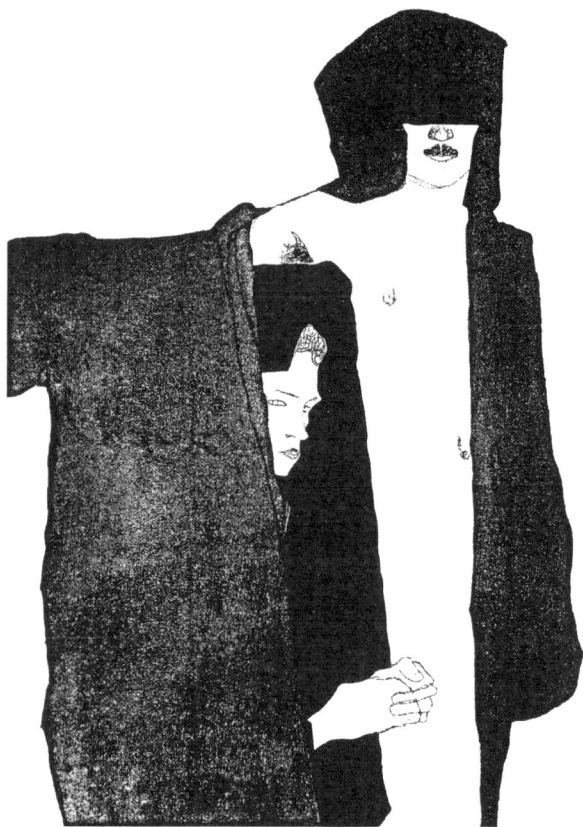

我必须走了：有一处墓穴，

那里摇曳着水仙和百合。

快乐的牧人之歌

阿卡狄的森林已经死了，

其中古朴的欢乐已结束；

往昔的世界靠梦想过活；

如今灰真理 [1] 是她的玩具，

她仍不安地把头掉过去。

可是啊，世界的病弱子民，

在克罗诺斯 [2] 嘶哑的歌曲

伴奏下郁郁旋舞过我们，

一切诸多变幻的事物里，

惟有言词才确实地美好。

好战的国王如今在哪里，

那嘲弄言词之辈？——天知道，

好战的国王如今在哪里？

----

[1] 灰真理：指世俗或科学真理。

[2] 克罗诺斯：希腊语，意为"时间"，被诗人品达人格化为"万物之父"。

他们的荣耀只是学生娃

阅读着头绪纷繁的故事，

结结巴巴说出的无聊话：

古代的国王如今都已死；

漫游的大地自身就可能

只是个骤然闪耀的字眼，

一时回响在铿锵的空间，

惊扰着绵绵无尽的幻梦。

那就别崇拜尘世的功名，

也不要——因为这也是真理——

如饥似渴地去追求真理，

免得你千辛万苦仅产生

新的梦，新的梦；没有真理，

除了在自己的心里。那就

不要向天文学家求学术，

他们借助着望远镜追踪

《少女》

席勒　1911

我们的爱情长成星辰，

一颗燃烧之心的流光。

掠过的星星的弧旋路径——
别寻求——因为这也是真理——
他们的言词——冰冷的星运
把他们的心已劈成两分，
他们人性的真理都已死。
去那嗡嗡哼唱的大海边
捡一个拢着回声的螺壳，
对螺唇把你的故事述说，
那螺唇就会给你以慰安，
用音律技巧把你的烦恼
言词再重复片刻，一直到
它们唱着在怜悯中消逝，
结成珍珠般兄弟情而死；
因确实美好的惟有言词：
那唱吧，因为这也是真理。

我必须走了：有一处墓穴，

那里摇曳着水仙和百合；

黎明前我要用欢快歌声

让葬在沉睡的地下深处

那不幸的牧神欢喜高兴。

他欢呼的日子早已逝去；

但我仍梦见他踏着草丛

幽灵一般在露水中行走，

被我那欢快的歌声穿透——

我歌唱古老大地梦往昔：

可是啊！她如今不梦；你梦！

山崖上罂粟花 [1] 开得正盛：

做梦吧，梦吧，这也是真理。

---

[1] 罂粟花：睡眠之象征。

悲哀的牧人 [1]

有一人被"哀愁"点名当做了朋友，

他，梦想着"哀愁"，那高贵的伙伴，

沿着那光闪闪、潮声隆隆的沙滩

漫步行走，那里有风浪在巡游。

他朝着群星大声呼喊，求它们

从银色宝座上俯身来安慰他，可

它们自顾自不断地大笑和唱歌。

于是那被"哀愁"当朋友的人

哭喊：*苍海啊，请听我悲惨的故事！*

大海汹涌，喊着她古老的嘶喊，

睡梦中翻滚过一个又一个山峦。

他从她的壮美的折磨下逃离，

到一处遥远、温柔的山谷中驻停，

向晶莹的露珠把全部的故事哭诉。

------

[1]　此诗作于 1885 年，最初发表于《都柏林大学评论》（1886 年 10 月）时题为《最悲惨者》。

可它们什么也没听见，因为露珠
永远在倾听自身滴落的声音。
于是那被"哀愁"当朋友的人
又回到海滩去，找到一只空螺，
思忖：我要把沉痛的故事述说，
直到我自己的话语，再度回音，
把悲哀送过空洞、珠润的心底；
我自己的故事重新为我讴歌；
我自己的低语令人感到慰藉；
看哪！我古老的重负就可以脱离。
于是他对着珠润的螺唇轻唱；
可是那孤寂海边悲哀的居民
在她那迷人的螺旋中把他的歌声
都变成了模糊的呻吟，把他遗忘。

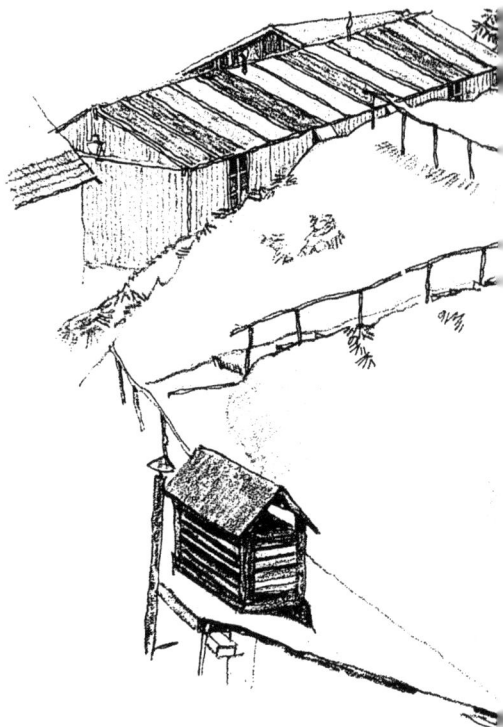

《风景》

席勒　1915

当夜幕让飞鸟安静之时，

在海水困倦的磷光旁足迹依稀。

OKJOGER.

印度人致所爱

海岛在晨光之下做梦，

粗大的树枝滴沥着静谧；

孔雀群舞在柔滑的草坪，

一只鹦鹉在树上摇摆，

朝如镜海面上自己的身影怒啼。

在此我们要泊孤寂之舟，

手挽着手漫游到永远，

唇对着唇细语柔柔，

沿着草丛，沿着沙滩，

诉说那不靖的国土多么遥远；

世俗中惟独我们两人

远远在宁静的树下躲藏，

我们的爱情长成星辰，

一颗燃烧之心的流光，

融入那粼粼的海潮、那疾闪的翅膀、

那沉重的枝柯、那叹息呜咽

长达百日的光闪闪的鸽子；

我们死后，魂魄将漂泊，

当夜幕让飞鸟安静之时，

在海水困倦的磷光旁足迹依稀。

叶落

秋色染上了爱我们的细长树叶，
染上了大麦垛子里田鼠的毛皮；
枯黄了，我们头顶上的山梨树叶，
枯黄了，露水打湿的野草莓叶子。

爱情衰减的时辰已困住了我们，
我们忧伤的灵魂又厌倦又疲惫；
分手吧，趁情热季节没忘掉我们，
你垂下额头带上一记吻一滴泪！

蜉游

"从前你的眼从不厌看我的眼，
如今却忧愁地低垂在眼帘下面，
因为我们的爱情在枯萎。"

　　　　　然后她：
"尽管我们的爱情在枯萎，让你我
再一次在那孤寂的湖畔伫立，
共同度过那段温柔的时刻——
那可怜的孩子，疲倦的情热，睡去时。
群星看上去多么遥远；多遥远呵，
我们的初吻；啊，我的心多么老！"

忧郁地他们踏过褪色的落叶；
他手握着她的手，缓缓地回答：
"情热常消损我们漂泊的心。"

树林环绕着他们；黄叶陨落，
就像夜空中暗淡的流星；从前，

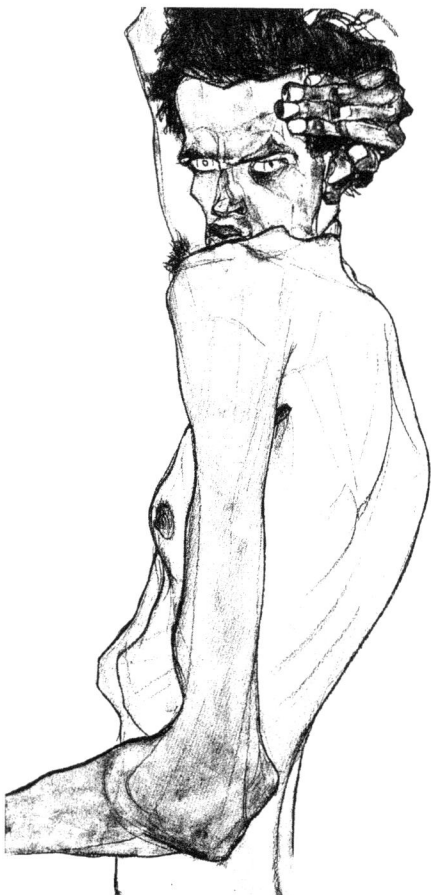

《男人体》

席勒　1910

在真理渐衰的狂喜里，

全无爱和梦的容身地。

一只老兔瘸着腿在这路上走，

身上披满秋色：如今他们俩

又一次在这孤寂的湖畔伫立：

蓦回头，他看见她泪眼晶莹，

把默默掇拾的死叶，狠狠地塞进

胸襟和头发里。

      "啊，别伤心，"他说，

"别说我们已倦怠，还有爱等我们；

在无怨无艾的时刻里去恨去爱吧！

我们的面前是永恒；我们的灵魂

就是爱，是一声连绵无尽的道别。"

经那些柳园往下去

经那些柳园往下去，爱人和我曾会面；
用一双雪白的小脚，她走过那些柳园。
她教我从容看爱情，一如枝头生绿叶，
可是我年少又无知，不同意她的见解。

在河边一片野地里，爱人和我曾驻足；
在我斜倚的肩头上，她搭着雪白小手。
她教我从容看人生，一如堰上长青草，
可是我年少又无知，如今满眼泪滔滔。

《镜子中的模特》

席勒　1910

美好可爱的一切

不过是一种短暂、虚幻如梦的愉快。

玫瑰 *The Rose*

梦忆从前你双眸

神色柔和，眼波中倒影深深。

尘世的玫瑰

谁曾梦见美像梦一般飘逝？
为了这红唇——满含哀怨的骄傲，
哀怨没有新的奇迹会来到——
特洛伊在一场冲天的葬火中消逝，
乌什纳的孩子死掉。

我们同辛劳的尘世一道流逝：
在飞逝的群星，天空的浪沫下头，
在仿佛冬季里奔腾的苍白河流
那样蜿蜒迂回的人们的灵魂里，
这孤独的容颜不朽。

鞠躬，大天使，在你们昏暗的住处：
在你们存在，或任何心脏跳动前，
疲倦而和善者已在神座前盘桓；
神把这尘世造成一条青草路，
在她的漫游的双脚前。

《 室内一角 》

席勒 1916

这些，都还在，

但是我记录逝去的一切。

湖岛因尼斯弗里 [1]

我要起身前去，[2] 前去因尼斯弗里，
用树枝和着泥土，在那里筑起小屋：
我要种九垄菜豆，养一箱蜜蜂在那里，
在蜂鸣的林间空地独居。

我将享有些平和，平和缓缓滴落，
从清晨的面纱滴落到蟋蟀鸣唱的地方；
那里夜半幽幽，正午紫光灼灼，
黄昏织满了红雀的翅膀。

我要起身前去，因为每夜每日
我总是听见湖水轻舐湖岸的低音；
站在马路上，或站在灰色人行道上时，
我都在心底听见那声音。

---

[1]　此诗作于 1888 年 12 月。因尼斯弗里：盖尔
语，意为"石楠岛"，是斯莱戈郡吉尔湖中一小岛。
[2]　仿《新约·路加福音》第十五章第十八节句：
"我要起身，前去我父亲那里。"

爱的忧伤

屋檐下面一只麻雀的聒噪，
皎洁的明月以及乳色夜空，
还有树叶精彩和谐的歌调，
遮掩了人的影像及其哭声。

一个红唇凄然的女孩起身，
广大的世界仿佛泪水泛滥，
像奥德修斯船队必遭厄运，
像普里阿摩率众傲然死难；

起身，在这喧闹正酣的檐角，
空旷天穹爬上的一轮月亮，
还有树叶的所有悲伤哀悼，
只能构成人的哭声和影像。

《女人肖像》

席勒　1913

海岛在晨光之下做梦，
粗大的树枝滴沥着静谧。

在你年老时 [1]

在你年老，头灰白，睡意沉沉，
挨着火炉打盹时，取下这书，
慢慢诵读，梦忆从前你双眸
神色柔和，眼波中倒影深深；

众人爱你欢快迷人的时光，
爱你美貌出自假意或真情，
惟有一人爱你灵魂的至诚，
爱你渐衰的脸上缕缕忧伤；

然后弓身凑在熊熊炉火边，
喃喃，有些凄然，说爱神溜走
到头顶之上群山之巅漫游，
把他的脸庞藏在繁星中间。

---

[1] 此诗仿法国诗人彼埃尔·德·龙沙（1524-1585）
的同名十四行诗。赠给茉德·冈。

白鸟

我情愿我们是，亲爱的，浪花之上一双白鸟！
流星暗淡陨逝之前，我们已厌倦了那闪耀；
低悬在天空边缘，暮色里那颗蓝星的幽光
唤醒了我们心中，亲爱的，一缕不死的忧伤。

倦意来自那些露湿的梦想者：玫瑰和百合；
啊，别梦，亲爱的，飞逝而去的流星的闪烁，
或那低悬在露滴中滞留不去的蓝的光辉：
因为我情愿我们化作浪花上的白鸟：我和你！

我心头萦绕无数的岛屿，妲娜居住的海滨，
在那里，时光会遗忘我们，悲伤也不再来临；
很快我们会远离玫瑰、百合和星象的不祥，
只要我们是双白鸟，亲爱的，出没在浪花上！

梦死

我梦见一人死在一个陌生地方，

身边无故又无亲；

他们钉起木板遮盖了她的面庞，

那些当地的农民

好奇地把她安葬在那荒郊野地，

又在她的坟头上

把那两根木头做的十字架竖起，

四周种柏树成行；

从此把她留给天上冷漠的星辉，

直到我刻下此话：

她从前比你初恋爱人还要美丽，

如今却睡在地下。

梦想仙境的人

他站在竺玛海尔的一群人中；
他全心系挂着一件丝绸裙衫，
在大地给他石硬的关怀之前，
他终于懂得了些许蜜意柔情；
可是当一人把鱼倒成一堆时，
仿佛鱼儿抬起银色的小脑袋，
歌唱金色清晨或黄昏洒落在
蓊郁的世外海岛上面的东西，
那里人们相爱在嵯岈的海边；
在那繁枝编结的不朽屋顶下，
时光永不会毁坏恋人的誓约：
歌声把他从安宁中重新摇醒。

他漫游在利萨代尔庄园湖滨；
他一心患得患失地想着金钱，
他们在山脚给他堆造坟墓前，
他终于懂得了些许节俭光景；

可当他走过一处湿地的时候，
一只沙螺张着灰色的泥巴嘴
歌唱北方或西方或南方某地
有一个快乐狂放温和的民族
住在金色或银色的天空之下；
若有一舞者停下饥饿的步子，
太阳和月亮仿佛都结了果实：
听了那歌声他变得又呆又傻。

他在斯卡纳文的水井旁沉思，
思想笑他的人们；毫无疑问
他突然的报复成了乡间传闻，
当尘世之夜把他的身体吞噬；
可是塘边生长的一株两耳草
用过分的残忍声音歌唱那里——
古老的静寂教它的选民欢喜，
无论涨起和落下多大的浪潮，

风暴的白银侵蚀白昼的黄金；
深夜就好像羊毛把他们围裹，
恋人依偎着恋人将共享安乐。
这传说驱散了他稀薄的怨念。

他长眠在卢纳郭尔山丘之下；
既然大地接受了万物和人类，
他或许终于懂得了无忧沉睡，
在那寒冷雾气笼罩的山坡下：
难道他尸骨周围蠕动的蛆虫
不曾以不倦的尖厉嘶喊宣称：
上帝已经把手指按在了天穹，
流光溢彩的夏季溢出那指缝
把无梦的海浪边的舞者淹没？
那些无恋人思念的恋人为何
要梦，到上帝一吻焚毁世界？
那人在墓中找不到一丝慰藉。

致曾与我拥火而谈的人

作出这些断续的咏妲娜的诗句时，
我的心就会洋溢着对往昔的梦忆：
我们曾俯身围拥着那将熄的炭火，
谈论着好像枯树中的蝙蝠，生活
在热情的人们灵魂里的蒙昧之民；
谈论着桀骜不驯的、远古的族群，
他们的叹息中混合着满足和悲哀，
因为他们那繁花般盛开的梦从来
不曾在知善恶的果子下折腰屈躬；
谈论着列着战阵、放着光的大众，
齐飞举，羽翼叠羽翼，光焰万道，
声如雷鸣，高呼那不可道的名号，
用他们刀剑的铿锵撞击声合奏出
极乐的颂赞曲，一直到晨光绽露，
白色的寂静终止了一切，惟有那
长翼的轰鸣，那素足的耀眼光华。

《女子肖像》

席勒　1910

当你在亲吻间叹息的时分，
我听见洁白的美神也叹息。

苇间风

The Wind among The Reeds

我已铺展在你的脚下；

轻点，因你踏着我的梦。

恋人讲述他心中的玫瑰

丑陋残缺的事物，破损陈旧的事物，
路边孩童的啼哭，笨重大车的咯吱，
那抛撒冬季肥土，耕夫沉重的脚步，
都伤害着你的影像：我心底绽放的玫瑰。

丑恶的事物犯下的过错太难以述说；
我渴望重造它们，然后远坐在绿地，
守着新铸的天地海洋，像一只金盒
盛我梦中你的影像：我心底绽放的玫瑰。

漫游的安格斯之歌

我出门来到榛树林里，
因为头中燃着一团火，
砍下一段榛枝削成杆，
在一根线端钩挂浆果；
在粉白蛾子展翅飞舞，
粉蛾似的星星闪现时，
我把浆果投到溪水里，
钓起一条小小的银鱼。

我把它放在地面之上，
然后去把火苗儿吹起，
可是地面上沙沙作响，
有谁在呼唤我的名字；
它变成一个晶莹少女，
鬓边簪插着苹果花枝；

她喊我名字然后跑开，
穿过渐亮的空气消失。

虽然走遍了深谷高山，
我已经变得衰弱老朽，
但是我定要把她找到，
吻她的嘴唇牵她的手；
走在斑驳的深草丛中，
采撷太阳的金色苹果，
采撷月亮的银色苹果，
直到时光都不再流过。

《风景》

席勒 1914

谁曾梦见美像梦一般飘逝？

为了这红唇——满含哀怨的骄傲。

他记起遗忘了的美

我双臂环抱你时，即
把心贴着那从这人世
消逝已久的可爱美丽：
王师溃逃后，君王丢弃
在荫蔽水塘的珠宝王冠；
耽于梦想的贵妇用丝线
在喂肥恶毒飞蛾的布帛
上面刺绣的爱情传说：
古老时代贵妇编织在
她们头发里边的玫瑰；
贵妇佩戴着穿行于许多
神圣长廊的带露的百合——
香烟的灰云在那里升起，
惟有上帝的眼睛不迷闭——
因为那酥胸和滞留的手
来自梦想更浓重的国度，

比此刻梦想更浓重的时辰；

当你在亲吻间叹息的时分，

我听见洁白的美神也叹息，

惋惜一切必逝如露水，

除了火上火，海上之海水，

王位上王位：那上面半睡

高踞着她高贵而孤寂的神秘，

长剑斜倚着裹铁甲的膝。

《杰蒂斯琪尔》

席勒　　1911

趁情热季节没忘掉我们，
你垂下额头带上一记吻一滴泪！

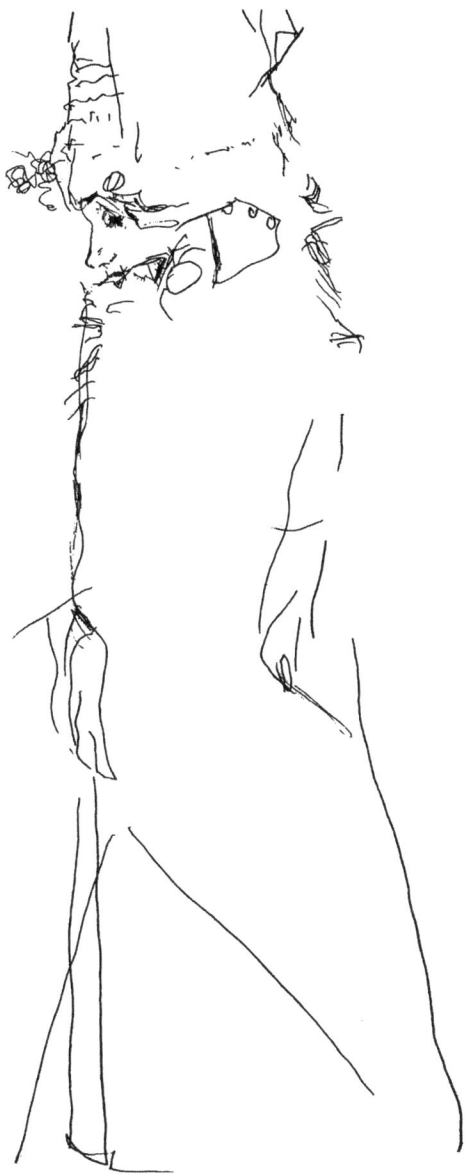

诗人致所爱

如潮水销蚀鸽灰的沙滩，
被情热销蚀的白皙女人，
我用虔敬的双手带给你
我的无数个结集的梦幻，
怀着比时光苍白的火焰
溢出的残月更苍老的心；
有无数个梦的白皙女人，
我给你带来热情的诗韵。

他赠给爱人一些诗句

用金卡别紧你的头发，
束起每一绺松散发卷；
我命我心把拙诗制作：
日复一日，夜复一夜，
它从古代的战争里面
造就出一曲美丽哀歌。

你只需举起一只玉手，
拢起长发，叹息一声；
男人的心必燃烧狂跳；
朦胧沙滩上白浪似烛，
滴露天空中群星高升，
只为照亮你过路双脚。

恋人因心绪无常
而请求宽恕

这纠缠的心若用轻于气的话语，

或忽闪忽灭、仅仅是

希望的希望，搅扰你的安居，

就揉皱你头发里的玫瑰，

用馥郁的暮色掩住你的唇，说：

"风中之焰的众心啊！

比昼夜的更替更为古老的风哟，

低语着渴望着来自那

鸽灰色仙境中响着古代手鼓声、

大理石筑成的城池；

来自王后们用光泽的双手制成，

褶皱层叠的红战旗；

看见过年轻的尼娅芙面带相思苦，

翱翔在漫流的浪潮上；

曾盘桓在最后的不死鸟就死之处

那隐蔽而荒凉的地方，

把火焰裹在它神圣的头颅上面；

如今仍低语和渴望。

可怜的众心哟，变幻着，直到变幻

在喧闹的歌声中死亡"；

用你那朦胧而沉重的长发盖起

你酥胸的洁白花朵，

用一声为渴望休息的万物的叹息

搅扰那馥郁的暮色。

隐秘的玫瑰

遥远、隐秘、不可侵犯的玫瑰，

把我裹在最好的时刻里：裹在

那些曾经在圣墓或者酒桶里

寻找你的人们安居，远离

梦想溃败骚乱之处；深裹在

白皙的眼皮中间，带着所谓

美的沉重睡意。你硕大的花瓣

裹着戴王冠的三贤那苍老的须髯，

和盛满头盔的宝石黄金；那目睹

钉穿的双手和接骨木十字架在巫术

烟雾中升起，使火把变得昏黄，

待徒然狂乱觉醒而死去的国王；

那在永无风吹的灰色海岸边

遇见芳德漫步在耀眼的露珠间，

为一吻而失去人世和埃玛的壮士；

那把众神驱逐出他们的堡垒[1]，

宴饮到一百个黎明盛开鲜红，

然后为死难战友哭坟的英雄；

那骄傲地抛却王冠和忧愁，招引

乐人和弄臣，居住在深林，与满身

酒污的流浪汉为伍的多梦国王；

那把耕地、房子和动产都卖光，

年年岁岁在陆地和海岛寻找，

终于带着大笑和泪水，找到

一个女人之人——她如此明艳，

借一绺偷来的头发发出的光线，

人们在半夜打谷。我，也期待

你那爱与恨的大风吹起之时。

何时群星被吹得在天空四射，

---

[1] 堡垒：古爱尔兰人认为有些小山丘是超自然
生灵居住的堡垒。

像锻炉中迸出的火花，然后熄灭？

你的时刻已到来，你的风可吹起？

遥远、隐秘、不可侵犯的玫瑰！

《爱迪斯》

席勒 1917

从前你的眼从不厌看我的眼，

如今却忧愁地低垂在眼帘下面。

他冀求天国的锦缎

假如我有天国的锦缎，

那用金银的光线织就，

黑夜、白天、黎明和傍晚，

湛蓝、暗灰、漆黑的锦绣，

我愿铺展在你的脚下。

可我，一贫如洗，只有梦；

我已铺展在你的脚下；

轻点，因你踏着我的梦。

在那七片树林里

In the Seven Woods

一提到爱情我们便沉默不语；

看夕阳最后一缕金辉燃尽。

箭

从前我想起你的美，这枚箭镞——
由狂想铸就——就钉入我的髓骨。
如今已没有男人会看她，没有，
不像青春少女初长成的时候，
颀长而高贵，可是胸房和面颊
却好像苹果花一样色泽淡雅。
这位美人更和气，但有个缘故
让我痛哭：旧日的美人已迟暮。

切勿把心全交出

切勿把心全交出，因为爱情
只要貌似确定，它对于热情
如火的女人来说似乎用不着
一想，她们永远也梦想不到
它从一次次亲吻间渐渐消逝；
因为美好可爱的一切不过是
一种短暂、虚幻如梦的愉快。
呵，切勿把心彻底地交出来，
因为所有滑腻的嘴唇都会说，
她们把心都已交给了那玩乐。
如果爱到聩聋、暗哑、盲目，
谁又能做到玩儿得恰到好处？
作此诗之人他知道全部代价，
因为他把心全交又全输啦。

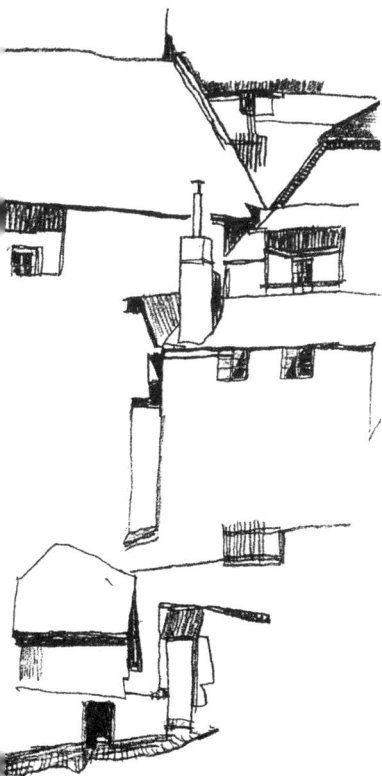

《风景》

席勒　1914

平和缓缓滴落，
从清晨的面纱滴落到蟋蟀鸣唱的地方。

亚当所受的诅咒

有一年夏末我们聚坐在一起，
你的密友，那美丽温柔的女子，
还有你和我，共同把诗艺谈论。
我说："一行诗也许花几个时辰，
但假如看来不像瞬间的灵感，
我们缀缀拆拆也都属枉然。
那你还不如屈膝跪倒在地，
把厨房地板擦洗，或像个老丐
去敲砸石块，无论天气好与坏；
因为要连缀妙音绝响，就要比
这些都更费工大，可是还要被
聒噪的钱商、教员和牧师之辈——
殉道之士所谓的尘俗世界——
认做是游手好闲。"

接着下来

答言的是那美丽温柔的女子；
一听见她的嗓音低沉甜美，
许多人都会感到心中作痛：
"虽说学校里没有这门课程，
但是生为女人就理应知晓：
为求美好我们必须辛劳。"

我说："无疑，亚当堕落以来，
没有美好的东西不需费力气。
有不少恋人认为，爱情应该
配合有足够隆重高尚的礼仪——
他们叹息着摆出博学的面孔，
从美丽的古代典籍中博引旁征——
但如今就像是随随便便的交易。"

一提到爱情我们便沉默不语；

看夕阳最后一缕金辉燃尽；

在苍穹瑟瑟抖颤的碧色之中，

一瓣残月，日复一日年复年，

好似空贝壳浮沉在群星之间，

任时光的潮水冲刷磨损而破裂。

我有一个念头，只能对你说：

你美丽动人，我也尽心竭力

用古老的崇高方式把你热爱：

那似曾幸福，然而我们已经

像那空洞的残月般心灰意冷。

哦，别爱得太久

心肝哟，别爱得太久：
我久久地爱过，
可结果华年流逝，
像首过时的歌。

在整个青春岁月里，
我们都分不清
彼此纠缠的思绪；
二人像一条心。

可是哦，她一下变了——
别爱得太久哟，
不然你华年流逝，
像首过时的歌。

绿盔及其它

The Green Helmet and Other Poems

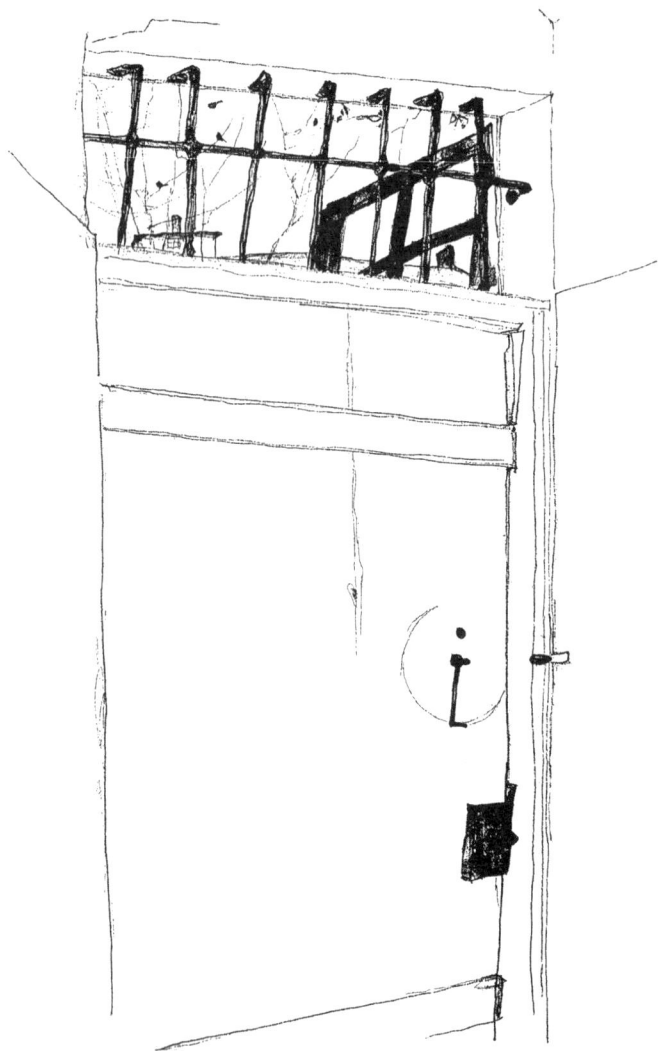

我把花叶在阳光里招摇；

如今我可以凋萎成真理。

荷马歌颂的女人

若是在我年轻时，
有哪个男人靠近，
我想："他对她有意，"
又恨又怕直颤栗。
可是，若无动于衷，
他从她身边走过，
那更是十恶不赦。

于是我开始著述，
到如今，鬓发斑白，
我梦想已把思绪
提升到如此高度，
以至未来可以说：
"他在一面镜子里
描绘了她的身姿。"

因为在我年轻时，
她有如火的热情，
步态骄傲而优美，
就仿佛踩着云霓：
荷马歌颂的女人！
生活和文字变成
不过一场英雄梦。

文字

不久前我曾经这样想：
"我爱人怕不能理解
这盲目苦难的土地上
我做过或要做什么。"

对太阳我渐生厌倦心
到思绪重新变清晰，
忆想起最优良的行径
是曾经诚实地坦白；

我每年都大喊："到头来
我爱人会理解一切，
因为我已攒足了力气，
文字也听从我驱策"；

假如她理解了谁能说

筛子中会漏下什么？

我也许把破文字抛却，

心满意足地去生活。

智慧与时俱来

叶子虽繁多，根茎只一条；

在青年时代说谎的日子，

我把花叶在阳光里招摇；

如今我可以凋萎成真理。

《躺着的年轻女子》

席勒　1918

华年流逝，

像首过时的歌。

铜分币

我低语："我还太年轻，"
又一想："我已不算小"；
为此我抛起一分币
算一算恋爱是否早。
"去爱，去爱吧，小伙子，
若姑娘年轻又美好。"
分币啊，分币，铜分币，
我陷入她卷发圈套。

分币对着我唱起来：
"没有谁聪明到绝顶，
能窥透其中的奥秘；
陷入她卷发圈套中，
他得把爱情久思寻，
到时光线圈不再绕。"
分币啊，分币，铜分币，
恋爱何时都不嫌早。

Responsibility

责任

那些时刻如剧情流过，

我拥有爱情产生的智慧。

海伦在世时

绝望中我们曾号泣：

为一点琐事

或喧闹、野蛮的竞技，

人们竟放弃

我们历尽了辛苦

赢得的美女；

然而，假如漫步

在那些高塔里，

遇见海伦和她儿子，

我们也只不过

像别的特洛伊男女，

问声好，逗个乐。

致一个在风中起舞的女孩

在海滩那里舞蹈；
你何必需要在乎
风或海浪的咆哮？
把你被咸涩水珠
打湿的头发甩动；
你年纪还小，不知
愚夫之得志，不懂
爱情到手即丢失；
最棒劳力已死去，
所有收成待捆好。
你何必需要畏惧
风似魔鬼般呼啸？

亡国之君

虽说从前，只要她一露面，群众就聚集，
连老头的眼也变朦胧，但惟有这只手，
就像个前朝遗老在一个吉卜赛营地
絮絮说亡国之君，把逝去的一切记录。

那容貌，一颗被笑声熏甜美的心，这些，
都还在，但是我记录逝去的一切。人群
还会聚拢，却不知他们走过的那条街，
从前一尤物曾在那儿走，像朵火烧云。

寒天

突然我看见令乌鸦欢喜的寒冷天空，

好像被焚化的冰，却不过是更多的冰，

于是想象和心被激动得简直要发疯，

以至于关于这和那的缕缕偶思闲情

全都消失，只剩些应当随青春的热血

一起过时的、许久前恋爱受挫的记忆；

我完全糊里糊涂地承担了全部罪责，

直到我又哭喊又颤抖，来来回回摇摆，

被日光所洞穿。啊哈！当鬼魂开始再生，

死床的混乱结束时，是否它被赤裸裸

驱赶到大路之上，如书中所说，并遭逢

诸天的有失公正的打击，以作为惩戒？

青春的记忆 [1]

那些时刻如剧情流过；
我拥有爱情产生的智慧：
我拥有一份天生常识，
可无论我能够说些什么，
尽管也因之得到她赏识，
从刺骨北方吹来的云翳
仍突然把爱神之月蔽遮。

自信所说的每一个字，
我赞美她的肉体和灵魂；
骄傲使她两眼放光明，
愉快使她双颊起红绯，
虚荣使她脚步变轻盈，
可尽管赞美不已，我们
找到的却只有头上的暗黑。

---

[1]　此诗写给茅德·冈，原题作《爱神与小鸟》。

我们默坐着像石头一样，

她一言不发，我们也知道

即使最好的爱情也必死，

早就被残暴地摧毁绝望，

要不是爱神听见了一只

可笑之至的小鸟的鸣叫，

从云翳中拽出他美妙的月亮。

.

库勒的野天鹅

The Wild Swans at Coole

我描写那鬼怪似的东西——

被退还却无回报的爱情——的诗篇。

库勒的野天鹅 [1]

树木披上了美丽的秋装，

林间小径已变干，

在十月暮霭笼罩下，湖水

反映着一片静天；

涨水的湖上，乱石错落，

中间有五十九只天鹅。

自从我最初计数那时起，

十九度秋天已到来；

快要数完之前，我看见

突然全都飞起，

绕着破碎的大圈盘旋，

翅膀轰响着四散。

---

[1]　此诗作于 1916 年 10 月。库勒：格雷戈里夫人
在戈尔韦郡郭特乡的庄园，包括库勒湖及沿湖的七
片树林。

曾观赏那些漂亮的生灵，

我现在心中悲戚。

一切都变了，自从我初次

在这湖滨，暮色里

听见头顶上翅声如钟鸣，

而把脚步放轻。[1]

尚未厌倦，情侣双双，

在冰冷可亲的溪流

划水，或向空中飞升；

它们的心未老朽；

依旧满怀激情或征服欲，

无论漫游到何处。

---

[1] 叶芝结识格雷戈里夫人后，自 1897 年开始在
库勒庄园度夏，从而改变了他的生活。

可现在浮在平静的水上，

它们神秘，美丽；

有一天我醒来发现它们

已飞走时，它们会在

何处草丛筑巢，在何处

湖滨或池畔悦人目？

《风景》

席勒　1914

我们同这辛劳的尘世正在流逝：

在那飞掠的群星，天空的浪沫下头。

人随年岁长进

我因多梦而衰残：

风雨剥蚀的石雕海神

在流水中间；

一整天我都在痴看

这位女士的美，

就好像在书里发现

一个画中美人儿，

因眼睛或灵敏的耳朵

得到充实而欢欣，

因不过变聪明而愉悦，

因为人随年岁长进；

可是，可是，

这是我的梦，还是真实？

呵，但愿我们相识

在我青春如火时！

可我在梦中间已衰残：

风雨剥蚀的石雕海神

在流水中间。

残破的梦

你头发里有灰毛。

你走过的时候，

年轻人不再突然把呼吸屏住；

但也许某个老头子会咕哝一句祝福，

因为是你的祈祷

使他在垂死的床上康复。

惟独为了你——自从细瘦少女负起沉重

累赘的美的时候起，

你就了解所有的心痛，

并给予别人所有的心痛——惟独为了你，

天国收起了她那厄运的钟声，

享受着她那一大份宁静，而你只是

在屋里走动就制造了那宁静。

你的美只能在我们中间留下

模糊的记忆，仅仅是记忆。

老人们讲完后，一个后生

会对一个老人说："给我讲讲那女士；

那诗人虽然气血冰凉，年纪老大，

却还硬逗激情为我们歌唱她呢。"

模糊的记忆，仅仅是记忆，

但在坟墓里，一切，一切都必将重新来过。

确定无疑，我必将看见那女士

或倚，或立，或行，

带着女人初长成的婀娜，

以及我年轻双眼中的痴迷：

这想法使我开始嘀嘀咕咕像个傻子。

现在你比任何人都美好，

但你的身体曾有瑕疵：

你的小手以前并不美丽，

我怕你会跑到

那神秘、永远充盈的湖里头

去玩水，让湖水浸及手腕；

那些依从了神圣律法者在那里

嬉水且臻于完美。为了旧缘由的缘由，

让那双我吻过的手

保持不变。

午夜的最后一声钟鸣沉寂。

整天都在同一张椅子上坐着，

我从梦想到梦想，从诗韵到诗韵漫游，

与一个虚幻的影象闲扯着：

模糊的记忆，仅仅是记忆。

深沉的誓言

因为你不守那深沉的誓言，
别的人就成了我的朋友；
但每当我面对面审视死亡，
每当我攀上睡眠的峰巅，
或每当我纵酒发狂的时候，
突然我就遇见你的脸庞。

幽灵

今夜一直很诡异，以至于

我头发都仿佛直竖起来。

从日落时起我一直在梦忆

女人们大笑着，或羞怯或狂野，

在花边或丝织品的窸窣声里，

登上我嘎吱响的楼梯。她们读过

我描写那鬼怪似的东西——

被退还却无回报的爱情——的诗篇。

她们伫立在门口，伫立在

我的大木台和炉火之间

直到我听得见她们的心跳声：

一个是娼妓，一个是从未

含情打量过男人的孩子，

还有一个，也许是，女神。

麦克尔·罗巴蒂斯与舞者

Michael Robartes and the Dancer

在青春之苦终已逝，

我以为所有的日子

都撒在最美好的地方之时。

来自前世的一个形象

他：直到今夜我才被打动。

　　细巧的星光投下映像

　　在黑暗的溪水里，

　　直到涡流都熠熠；

　　于是有尖叫的声音来自

　　受惊的、看不见的野兽或飞禽：

　　深刻记忆的形象。

她：我心中的一个形象，出于

　　所有可能或原因，在青春

　　之苦终已逝，

　　我以为所有的日子

　　都撒在最美好的地方之时，

　　已被击穿；击穿了，似乎

　　它不曾吸取教训。

他：你为何用双手捂住我的眼？

什么能突然把你惊吓，

而又最好

我眼睛永远见不到？

除了渐暗的西天、映照

星空的河流，让你迷恋

到此刻的一切，有什么？

她：一个前世的心上人在飘荡，

仿佛她被迫在那里盘桓，

远离烦恼

或者傲慢的美好，

仅仅为散开一绺发毛

在一根手指的白皙之上，

在她披星的发浪间。

他： 可你为什么要突然惊惧

担心——我在你的肩旁——

想象猜疑

哪一夜都能召至

一个形象，或任何东西

给被美逼疯的眼睛，除去

使我更爱你的形象？

她： 此刻她双臂扬起在头顶；

她扬起手臂是对我轻侮

还是因发现——

既然没有扎辫——

她的头发在风中飘散，

我不知道，只知道我担心

夜给我带来的飞行物。

关于一名政治犯

她从小不大有耐心，
如今，竟使一灰鸥
丢掉了恐惧，飞进
她那间囚室内栖止，
在那里接受她爱抚，
从她的指尖上啄食。

抚摸着那孤独翅膀，
她可忆往昔的岁月，
在心灵变苦涩抽象，
思想变成了公敌前：
群盲和群盲引路者
躺在臭水沟喝得欢？

多年前我见她骑马，
布尔本山下去会猎，
乡野的美人引得那

青年寂寞的心狂跳，
她已出落得颇皎洁
像栖岩凌波的鸥鸟：

第一次从那高岩上
某处的窠巢中出发，
把云遮的天幕凝望，
凌波，或悬停半空；
风暴击打的胸脯下，
大海的波谷吼汹汹。

《躺着的少女》

席勒　1911

一个前世的心上人在飘荡，

仿佛她被迫在那里盘桓。

战时冥想

在被风吹折的老树荫中
静坐在那古老的青石上之时,
由于脉搏的猛一下跳动,
我悟知太一是活生生的存在,
人类则是无生命的幻影。

碉楼

The Tower

我爱你曾胜过我的灵魂。

航往拜占廷

一

那不是适宜老人的国度。互相
拥抱的青年、林间种种鸟类——
那些必死的生物——各自在歌唱；
鲑鱼的瀑布、鲭鱼麇集的海水、
水族、走兽、飞禽，长夏里都颂扬
受胎、出生、死亡的一切存在。
沉湎于那感性音乐，全都忽视
不老的智力造就的座座丰碑。

二

年老之人不过是可怜的东西，
一根竿子撑着的破烂衣裳，
除非穿着凡胎的灵魂为每位
破衣裳都拍手歌唱，愈唱愈响；

所有歌咏学校也无不研习
独具自家辉煌的丰碑乐章；
因此我扬帆出海驾舟航行，
来到这神圣的都城拜占廷。

三

呵，伫立在上帝的圣火之中
如立在金镶壁画之中的圣人，
请走出圣火，循螺旋蜿蜒而行，
来做我灵魂学习歌唱的师尊。
请耗尽我的心；它欲重成病，
系缚于一具垂死的动物肉身，
已经迷失了本性；请把我收入
那永恒不朽的艺术作品中去。

四

一旦超脱凡尘，我将不再用
任何天然物做我的身体躯壳，
而要那形体，一如古希腊匠工
运用贴金和鎏金方法所制作，
为了使瞌睡的皇帝保持清醒；
或者置身于一根金枝上唱歌，
把过去、现在或者未来的事情
唱给拜占廷城里的公侯贵妇听。

《玛利亚波尔》

席勒　　1914

在那繁枝编结的不朽屋顶下
时光永不会毁坏恋人的誓约。

我窗边的燕雀巢

蜜蜂在松动的石壁缝中
筑居营巢，而就在那里，
母鸟常衔去蠕虫和飞虫。
我的墙壁松动了；蜜蜂，
来，筑居在燕雀的空房里。

我们被关起来，不能肯定
门锁何时会打开；在某地，
一个人被杀，一所房遭焚，
但没有事实可以说得清：
来，筑居在燕雀的空房里。

石头或木头垒起的障碍；
内战已经过大约十四日；
昨夜里他们用推车运载
血泊中年轻士兵的遗骸：
来，筑居在燕雀的空房里。

我们用幻想曾喂养心灵，

心灵变野蛮，皆因这伙食；

我们的敌意比爱意之中

有更多的实质；呵，蜜蜂，

来，筑居在燕雀的空房里。

丽达与天鹅

突然一下猛击：那巨翼仍拍动
在踉跄的少女头顶，黝黑蹼掌
摸着她大腿，硬喙衔着她背颈，
他把她无助的胸脯贴在他胸上。

她惊恐不定的柔指如何能推开
渐渐松弛的大腿上荣幸的羽绒？
被置于那雪白灯心草丛的弱体
怎能不感触那陌生心房的悸动？

腰股间一阵摇动就造成在那里
城墙被破坏，屋顶和碉楼烧燃，
阿伽门农惨死。
　　　　　　　就如此遭劫持，
如此任空中那野蛮的生灵宰制，
趁那冷漠的巨喙能把她丢下前，
她可借他的力吸取了他的知识？

题埃德蒙·杜拉克
作黑色人头马怪图

你的蹄子曾踩踏在黑暗的树林边缘，
甚至可怕的绿鹦鹉啼叫摇晃的地方。
拙作全都被踩踏入湿热的污泥里面。
我早知那恶作剧，认为那是恶事一桩。
保健的太阳催熟的东西是保健食品，
仅此而已；可我，由于某绿色的羽翮，

被逼得半疯，曾在疯狂的茫茫夜暗中
收取古老的木乃伊小麦，一粒粒研磨，
然后在一个炉灶里慢慢烘烤；而如今
我从在七个以弗所醉汉酣睡的地方
发现的酒桶中取出醇香的美酒：他们
睡得真沉，不知亚历山大帝国何时亡。
伸展开你的四肢，睡一个畅快的长觉；
不管怎么说，我爱你曾胜过我的灵魂，
而且没有谁如此适合于去守望，放哨，
不倦地监视着那些可怕的绿色鸣禽。

美人鱼

美人鱼发现一游水少年，
把他捉来做情郎，
把身体紧贴着他的身体，
大笑；然后潜藏，
忘记了在残酷的欢乐中
有情人也会溺亡。

旋梯及其它

The Winding Stair and Other Poems

天真之人和美丽之人

除了时光没有仇敌。

纪念伊娃·郭尔—布斯和康·马尔凯维奇

一

利萨代尔，傍晚的灯光，

朝向南方的硕大窗户，

两个穿丝袍的少女，都

很美，一个好像羚羊。

可是一个肃杀的秋天

把鲜花从夏日的花环上剪除；

年长者遭了死刑的判处，

遇赦后，挨过寂寞的长年，

在愚氓中间从事着阴谋。

我不知年幼者梦想什么——

某种模糊的乌托邦——她仿佛，

到老得瘦骨嶙峋的时候，

这类政治的一个鬼影。

有好多次我打算去访寻

这位或者那位，谈论
那乔治时代的老宅，混同
心中的种种景象，回想
那桌子和青年时代的谈吐，
两个穿丝袍的少女，都
很美，一个好像羚羊。

二

亲爱的幽灵，现在你们
洞知一切与普遍的是非
作战争斗的愚蠢行为。
天真之人和美丽之人
除了时光没有仇敌；
起身来教我划一根火柴，
再划一根，到时光燃起来；
假如大火升腾而起，

就跑，到所有智者都知道。

我们建筑了伟大的楼台，

他们却宣告我们有罪；

教我划火柴把火吹着。

选择

人的智力被迫要选择
生活或者工作的完美，
若取后者它就得弃绝
天堂般豪宅，在黑暗中愤激。
故事结束后，消息如何？
运气内外，辛苦留印记：
那古老困惑是个空钱袋，
或白天的虚荣，黑夜的痛悔。

在阿耳黑西拉斯
——沉思死亡

喙似苍鹭的白色牛背鹭
以摩洛哥牛羊身上某类
肮脏的寄生虫子为食物，
飞过狭窄的海峡，栖止
在园林浓厚的夜色之中，
待曙光在汇流的海面绽进。

少年时代，在傍晚时分，
我常给一个朋友带去——
希望一个年长的慧心
推荐更具实质的乐趣——
并非牛顿的比喻中所说，
而是罗西斯平滩的真贝壳。

阳光里面有更大的荣耀，
空气中浮动着一股夜寒，

命令想象力多多关照
那位伟大的出题考官；
他会问什么，倘被问，我
又能以适当的自信答什么。

悔于言语失当

我对无赖和傻瓜乱语，
却超然不与他们为伍，
找到了合适的听众，有心
把角色变更，却无法驾驭
我那狂热的心。

我寻求更强的对手：每回
宽容的言语，借优雅的姿态
都把仇恨化作打诨，
但任何言行都无法触及
我那狂热的心。

我们已从爱尔兰逃出来。
仇恨巨大，空间狭窄，
自一开始就伤害了我们。
我从母亲的肚里带出来
一颗狂热的心。

格伦达涝的溪水和太阳

经复杂的变动，溪水
和滑翔的太阳奔驰；
我心中似充满欢欣：
我做过的一件蠢事
却使我心神不定。

悔恨使我心杂乱；
可我算什么，竟敢
妄想我能够比起
一般人有更好的表现
或者更多的见识？

太阳或溪水或眼睑的什么
变动放射出那闪烁，
把我的身体穿透？
什么使我活得像这些
仿佛自生、再生的事物？

最后的诗

Last Poems

冷眼一瞥

看生，看死。

骑者，驰过!

布尔本山下 [1]

一

以那些圣贤所言起誓——
阿特拉斯那女巫 [2] 熟知，
在那马莱奥提克湖滨，
圣贤开言，令晨鸡啼鸣。

以那些骑士、女人起誓——
他们的形容超凡绝世；
面孔白皙瘦长的群体
显出一种不朽的神气，
曾使其情热得以完成；
如今踏着寒冬的黎明

---

[1] 此诗是叶芝一生思想的总结，表达他对今生和来世的信念，带有预言性质。

[2] 用雪莱《阿特拉斯的女巫》典故。女巫能在马莱奥提克湖水中洞察事物的真实性，乃灵魂之象征。

他们驰过布尔本山下。

以下是他们示意的精华。

二

许多回人死而复生，
在种族和灵魂永恒
不朽的两极间轮回；
古老的爱尔兰悉知。
无论是寿终于床榻，
还是遭残暴死枪下，
人最为惧怕的却是
与亲爱者短暂别离。

铁锹锋利，肌肉强健，
尽管掘墓人苦作不断，

他们不过将下葬的人

重新抛回人类的精神。

三

"主啊，给当今降下战争！"

听过米切尔[1] 祈祷之人，

你们深知话都说尽时，

一个人战斗至狂之时，

久瞎的眼中有物滴零，

完善了他那残缺心灵，

悠然地伫立一时片刻，

放声大笑，心气平和。

就连最睿智之人亦因

---

[1] 约翰·米切尔 (1815—1875)：爱尔兰民族
主义者，因从事反英斗争而被捕。引语来自他的
《狱中日志》。

某种暴力而紧张万分，
在他完成定数，熟练
艺业或选定伴侣之前。

四

诗人兼雕塑家，努力工作，
不要让时髦的画家避躲
他那些伟大祖先的业绩；
把人类的灵魂引向上帝，
让他把摇篮填充得恰当。

我们的力量肇始于度量：
一古板的埃及人构思的形式，
温文的菲狄亚斯造就的形式。

在那西斯廷教堂的穹顶，

米开朗琪罗留下了证明；

那上面惟有半醒的亚当

能撩拨周游世界的女郎，

直到她禁不住欲火中烧；

证明那秘密运作的头脑

早就有一个意图定在先：

宁冒渎神圣把人类完善。

在神或圣徒的背景里面，

十五世纪用油彩曾增添

供灵魂自在栖息的花园；

在那里一切寓目的东西，

鲜花、绿草和无云的天际，

肖似实在或仿佛的形式；

那时候眠者已醒却仍在

做着梦，梦境已消失，只剩
床架和床垫时，依然宣称：
天国曾敞开。

　　　螺旋转不休；
在那更伟大的梦逝去之后，
卡尔佛、威尔逊、布雷克和克劳德
为上帝的子民准备了安歇——
帕尔莫的名句；但自那以往，
混乱降临在我们的思想上。

五

爱尔兰诗人，把艺业学好，
要歌唱一切优美的创造；
要鄙弃时兴的从头至足
全然都不成形状的怪物，

他们不善记忆的头和心

是卑贱床上卑贱的私生。

要歌唱田间劳作的农民，

要歌唱四野奔波的乡绅，

要歌唱僧侣的虔诚清高，

要歌唱酒徒的放荡欢笑；

要歌唱快乐的侯伯命妇——

经过峥嵘的春秋七百度 [1]，

他们的尸骨已化作尘泥；

把你们的心思抛向往昔，

我们在未来岁月里可能

仍是不可征服的爱尔人。

───────────

[1]　自十二世纪爱尔兰被诺曼人征服至二十世纪。

六

不毛的布尔本山头下面，
叶芝葬在竺姆克利夫墓园；
古老的十字架立在道旁，
邻近坐落的是一幢教堂，
多年前曾祖曾在此讲经。
不用大理石和传统碑铭，
只就近采一方石灰岩石，
遵他的遗嘱刻如下文字：

冷眼一瞥
看生，看死。
骑者，驰过！

政治

那女孩站在那儿，我怎能

集中思想

在罗马或俄罗斯

或西班牙的政治上？

这儿倒有位多识之士

清楚他谈论的是什么；

那儿还有位既博学

又有思想的政客；

也许他们说的都是真的——

关于战争和战争警报；

可是啊，但愿我再度年轻，

把她搂在怀抱。